NANINE

Hell ist die Nacht

NANINE

Hell ist die Nacht

GEDICHTE

VERLAG JOHANNES HEYN

Titelbild: Mondnacht am Bodensee, Aquarell

Druck: M. Theiss Ges.m.b.H., A-9400 Wolfsberg
ISBN 3 85366 855 0

Hell ist die Nacht,
Als hätten Engelsflügel
Sie sacht
Berührt.

Man spürt,
Dass der Wind,
Silbrig kühl,
Sich im Spiel
Des Mondlichts
Verliert.

Die Welt scheint wie
Aus Weinen gehaucht,
Das man nur
Zu küssen braucht,
Bis es lächelt –

INHALT

WENN DU HEITER BIST

Rosen, Gott, Du schufest Rosen!
Mag in alle Ewigkeit
Dich auch niemand je begreifen,
Nicht das Glück und nicht das Leid
Nur an Deinen Namen streifen –

Rosen, Gott, Du schufest Rosen:
Rufe reiner Herrlichkeit.

Da hängt der Mond
Am Ast eines Birnbaums
Wie eine fremde,
Köstliche Frucht.

Ich muss mich nur
Ein klein wenig strecken
Um ihn zu pflücken –
Die blaue Nacht
Im Glanz ihrer Sterne
Merkte es kaum.

Magst Du den Mond?
Ich lege ihn Dir
Verliebt in die Hände
Und staune, wie gut
Er zu ihnen passt!

Der mattblaue Flieder,
Der weiße Jasmin,
Die roten Kastanien
Verblühn nun, verblühn.

Die strahlenden Tulpen,
Die Lilien im Grün,
Die zarten Glyzinien
Verblühn nun, verblühn.

Des Goldregens Trauben
Verblassen ganz sacht,
Und duftende Linden
Verzaubern die Nacht.

Ein Stern im zarten Blau der Nacht:
Warum er mich so glücklich macht?
Vielleicht

Weil meine Seele er gebar,
Weil er einst meine Heimat war?
Vielleicht

Weil er nach dieser Zeit
Mir Heimat wird in Ewigkeit?
Vielleicht

Auch nur, weil hell und fern,
Er meine Sehnsucht trägt, der Stern –

Was wir ertragen, trägt uns auch.
Das Leid, das unsre Pulse schlagen,
Wird Münze für die Ewigkeit.

Nicht klagen! Denn nur Heiterkeit,
Ein Lächeln, das auf Tränen schwimmt,
Besteht die Zeit.

Heiterkeit wächst am Rande
Des Todes. Und nur ein Herz,
Das Schmerz kennt und Tränen weiß,
Findet erlösenden Scherz.

Niemand fragt nach dem Keim
Der Blume, die leuchtend blüht,
Und in des Vogels Lied
Hört niemand den angstvollen Reim.

Dunkel und bang ist es da,
Wo ein Lächeln sich reift:
Niemand, der es ergreift,
Fragt, wieviel Schmerz ihm geschah.

Von den vielen Wegen
Ist es nur Dein Weg,
Von Millionen Möglichkeiten
Nur diese eine: Du.

Keine Seele hat der anderen Los,
Keine kann der anderen Entscheidung
Leisten – leiden.

Aber jede teilt sich mit,
Ist ein Teil der Lösung,
Der Erlösung aller.

Du ewiger Jüngling
In meiner Seele –
Manchmal begegnest Du mir
Im Traum
Und lächelst mir zu.

Manchmal sprichst Du aus mir,
Und Deine Stimme
Lässt mich erbeben.

Wieviele Leben
Sind zwischen uns,
Was bleibt mir zu tun,
Was muss ich vollenden,
Wo klinge ich aus
Und wo beginnst Du?

Voll Sonne ist die Luft,
Tau funkelt rings im Gras,
Die bloßen Füße sind
Vom Wege kühl und nass.

Schwarzamseln singen laut,
Ein Bauer pflügt sein Feld,
Mein Liebster hat mich lieb:
Oh wunderschöne Welt!

Immer Frühling!
Was auch geschieht:
Immer ein Frühling.

Seliger Trost
Der durch die Zeit
Leuchtend sich zieht:

Immer ein Frühling,
Wieder ein Frühling!

WENN DU DICH SEHNST

Wenig Menschen gibt es,
Die man denkt,
Wenn der Abend draußen
Sich mit dunklen Händen
Auf die Erde senkt.

Wenig Menschen gibt es,
Die man liebt,
Denen still die Seele,
Müde, glücklich lächelnd,
Ihre Sehnsucht gibt.

Wenig Menschen, wenig.
Fühlst Du nicht,
Wie mein Herz, sich schwingend
Über fremde Enge,
Leis mit Deinem spricht?

Es ist in allen fremden Städten,
Dass ich auf Deine Stimme warte,
Und nachts in neuen, kühlen Betten
Auf Deinen Schritt vor meiner Tür.

Und manchmal sitze ich verloren
Und starre lang auf meine Hände,
Als ob ich dort Dich wiederfände –

So habe ich gelernt, zu lächeln,
Und mich mit Worten zu umfächeln,
Wenn meine Seele weint nach Dir.

Und nun wird alles, alles gehn:
Der Bäume Blättermeer vor meinem
Fenster,
Und nackte Zweige werden wie
Gespenster
Aus Nebelnächten in mein Zimmer wehn.

Der Lüfte Zärtlichkeit voll blauer Fernen,
Und aufwärts zu den frostumklirrten
Sternen
Wird nur der Kälte hartes Auge sehn.

Der leichten Wölkchen sonnengoldne
Ballen,
Und Schnee wird aus dem stillen Himmel
fallen
Und sich in feuchten weißen Wirbeln
drehn –

Was meiner Sehnsucht heißes Drängen
stillte
Wird gehn, und nur das unerfüllte,
Das große Heimweh mir im Herzen stehn.

Keinen Kummer möcht ich löschen,
Den das Leben mir ins Herz geschrieben,
Aber einer, den ich liebe,
Soll mich lieben.

Keinen Traum begehr ich wieder,
Den der klare Tag schon lang vertrieben,
Aber einer, den ich liebe,
Soll mich lieben –

Fröhlich will ich sein mit allem,
Jedem kleinsten Glück, das mir geblieben:
Aber einer, den ich liebe,
Soll mich lieben!

Ich sehne mich zum Strand
Eines blauen, sonnigen Meeres,
Ich lege meine Hand
In die kleinen, schmeichelnden Wellen,
Ich dehne mich im Sand –

Ein stilles, leuchtendes Segel,
Schweift meine Seele am Rand
Der Welt.

Manchmal sehnt sich meine Seele
In das schwarze Kleid der Amsel,
Sehnt sich, lockend aufzufliegen
Zu dem höchsten Ast der Pappel,
Und ihr süßes Lied zu singen,
Süßes Lied von Lust und Liebe,
In den zarten Morgenhimmel,
Den die Sonne eben wärmt.

Nimm mich in Deine
Bergenden Arme,
Wiege mich ein
Wie's die Mutter tat:
Sieh doch, ich weine.
Komm und erbarme,
Guter, Dich mein!

Komm von den Kranken,
Den Müden und Jenen,
Die bittre Not
Wie mit Dolchen traf –
Ich will Dir's danken.
Stille mein Sehnen,
Tröste mich, Schlaf.

Was soll ich Dir sagen?
Glocken klangen in den Morgen,
In den blauen, lichtdurchpulsten Morgen,
Vögel schwangen sich auf hellen Zweigen
Vor den hohen Kirchenfenstern,
Und das weiße Rund des Raumes
War ganz voll von ihrem Lied.

Was soll ich Dir sagen?
Rosen duften in die Stille
Meines kleinen, kühlen Stübchens,
Gelbe, rote, aufgebrochne Rosen,
Deren zarte Blütenblätter
Wie verwaiste Mädchenlippen
Warten –

Was soll ich Dir sagen?
Angefüllt mit Duft und Licht und Tönen
Ruht mein Herz in bittersüßer Sehnsucht,
Schwingt sich mit den feinsten
Sonnenstrahlen,
Mit den zärtlich weichen Mittagswolken
Über Nah und Fern zu Dir.

Graue Gänse schwirren
In den kühlen Tag –
Einer Glocke Schlag
Bricht mit bangem Sirren.

Und mein Herz begreift:
Winter drückt die Erde,
Dass aus Stirb und Werde
Neuer Frühling reift.

Ein Stückchen Licht ist meine Seele
Und ganze Seligkeit und ganzer Schmerz –
Aus einem Fünkchen seiner großen Liebe
Schuf mir ein Gott das übervolle Herz.

Und fragst Du mich: Was ist Dein Leben?
Schau einmal in der Sonne klaren Schein,
Lausch einmal nur des Waldes dunklem
Rauschen –
Mein Leben? Sehnsucht wird es sein.

Weiße Birken,
Amsellied,
Stille.

Rosen pflanzen,
Teilhaben
An ihren Wurzeln.

Daheim sein.

Sehnsucht
Nach einem Ende
In Frieden.

WENN DU GLÜCKLICH BIST

Wir wandeln uns
Von Gestalt zu Gestalt,
Bis nur das Wesentliche
Geblieben.
Nicht alt
Wird der Geist,
Der uns rastlos formt
Zu dem, was wir lieben.

Liebend
Zu reinerer Liebe zu werden,
Sind wir im Himmel,
Sind wir auf Erden.

Was wir erfassen
Müssen wir lassen –
Oh Nichtbegreifen
Über den reifen
Stunden des Glücks!

Wenn sie vergangen
Stehn sie in bangen
Tiefen des Herzens,
Tiefen des Schmerzens,
Bleibenden Blicks.

Kleines Glück,
Ich wiege Dich
In meinem Herzen
Inniglich.

Wie der Zweig
Den Vogel wiegt,
Auch wenn er bald schon
Weiterfliegt.

Kleines Glück,
Du machst mich so
Von ganzer Seele
Froh.

Wenn des Glückes süßer Schauer
Dich berührt, dann sei bereit.
Bange nicht um seine Dauer:
Augenblick ist Ewigkeit.

Manchmal bricht
Die Ewigkeit
In unsere Zeit
Und spricht
Mit stiller Stimme
In uns hinein.

Jahrtausende wachsen
Aus ihren Worten –
Wir staunen stumm
Und orten
Uns ein.

Langsam löst sich das Licht
Von den Schwingen der Schwäne,
Und sie treiben nun grau
Auf der tiefgrünen Flut.

Kühl und durchscheinend blau
Wölbt sich der Himmel. Die Nacht
Wächst im Osten heran.

Blass, eine zärtliche Träne,
Schimmert der Abendstern
Durch die Zweige der Bäume,
Die voller Knospen sind.

Es gibt so viele leere Minuten –
Am Abend, nachts, vor dem Aufstehn,
am Tag.

Es gibt so viele leere Minuten,
Ereignislos, hoffnungsarm, sühneschwer,
bitter –

Es gibt so viele leere Minuten:
Füll sie mit Würde, mit Dank, mit Vertraun!

Zärtlich küsst das Wasser den Strand
Zur Mittagsstund –
Wiegend und weich auf dem glitzernden
Sand
Ruht sein Mund.

Zögernd wendet das Riedgras den Blick
Zum Sonnenschein –
Welle und Ufer mit ihrem Glück
Sind allein.

Wenn ich in Deinen Armen liege,
Dann stirbt die Zeit. Und ich bin blind
Und süß verwundert wie ein Kind.

Um Haar und Stirn und Nacken rinnt
Dein Atem wie ein leiser Wind,
Und Deine Hände sind die Wiege,

In der des Lebens tiefstes Glück
Und seine reinste Lust beginnt.

WENN DU SINN SUCHST

Was geschieht,
Wenn ich mein Lied nicht singe?

Der Nachbar fährt weiter zur Frühschicht,
Seine Frau versorgt das Haus und die
Kinder,
Seine Mutter hängt Wäsche auf
Und weiß genau, wer vorbei kam.

Alles geht weiter so wie bisher
In unserem Dorf, in unserem Land,
Auf unserer Erde.

Aber vielleicht
Fällt irgendwo ein Stern aus der Ordnung,
In einem fernen Sonnensystem,
Oder ein Engel, nahe bei mir,
Ist traurig,
Weil er mein Lied entbehrt.

Ich möchte, in der ersten Dämmerhelle,
Wenn sacht die Nebelschleier aufwärts
ziehn,
Im Schweigen einer einsamen Kapelle
Einmal die Hände falten und dann
niederknien,

Und möchte, während nur die Stille
Ans goldne Leuchten hoher Kerzen rührt,
Aufgehen in des Herzens Fülle
Und spüren, dass ein Gott mich führt.

Nicht mehr getrieben werden, nicht mehr
treiben,
Im Gleichgewicht des Wesentlichen
bleiben,
Vom eignen Wesen endlich ganz gefunden,
Den andern fern und dennoch tief
verbunden,
Und voller Dankbarkeit für jede Frist,
Die hier und jetzt mir noch gegeben ist.

Sind wir auch alle in denselben Tag
gestellt:
Nur scheinbar ist die Einheit, die er bringt.
Denn jedes Leben ist wie eine Welt,
In der er unvergleichbar und ureigen
schwingt.

Könnten einmal wir die Schranken
Unsrer Leiber und Gedanken
Von uns tun wie eine Plage,

Und im Herzen sein des Freundes,
Und zu allen Menschen gehen
Und verstehen ohne Frage!

Doch wir sind ganz fest gebannt
In die Maße unsrer Tage,
Tasten nach des Nächsten Hand
Und verzweifeln um ein Wort,
Das von unsrer Seele sage.

Wieviel Geduld
Die Tiere haben –
Sie tragen die Zeit
Ganz ahnungslos.

In ihren Augen,
Glänzend und groß,
Spiegelt sich stumm
Die Ewigkeit.

Es kann wohl sein, dass ich nicht länger
lebe
Als dieser Falter und die Frucht am Baum –
Ich fürchte mich. Und widerstrebe
Doch kaum.

Es ist so gut, dass ich mein Herz heut
spüre,
Den Abend sehe, Worte hören kann –
Und sterb ich morgen, was verliere
Ich dann?

Schlaf auch Du, mein stummer Gast,
Siehe, mein Gebet umfasst
Dich wie alle, die ich liebe.

Oder zürnst Du, weil die Hiebe,
Die Du mir gegeben hast,
Mich noch nicht bezwingen konnten?

Oder ist es Deine Not,
Große, namenlose Not,
Die zu würgen, die Du liebst?

Schlafe, schlafe nun, mein Tod.

Fragen, Fragen –
Nicht auf jedes Warum
Lässt sich ein Darum sagen,
Aber ein Dennoch.

Die Logik des Lebens
Suchst Du vergebens,
Aber zum Sinn
Findest Du hin:
Dennoch.

Dünnhäutig, das ist es:
Meine Haut dünnt sich aus,
Schützt nicht mehr vor Erinnerungen,
Wehrt Wehmut nicht ab.

Von Heimweh durchpulst,
Heimweh nach gestern,
Dringt dieser Duft, dringt jener Laut
Mir unter die Haut,
Scheint sie von innen her aufzulösen –

Loslösung, das ist es.

Leuchte, Mensch, mit aller Kraft,
Aller Leidenschaft der Seele!
In der Dunkelheit der Zeit
Bist Du Fackel, zu entzünden,
Bist Du Flamme, zu verkünden
Das Gesetz der Ewigkeit.

WENN DU GLAUBST

Niemand weiß.
Glaube an Gott, um nicht verloren zu
        gehen
In der Wüste des Zweifels.

Niemand versteht.
Rede mit Gott, um nicht zu erstarren
Im Eise der Einsamkeit.

Niemand hilft.
Hoffe auf Gott, um lächeln zu können,
Wenn Du an Deinen Tränen erstickst –

Manchmal muss ich vor Dich treten,
Gott der hochgewölbten Kirchen,
Um zu beten.

Meine Seele singt dann leise
Mit den Säulen und Altären
Deine Weise,

Und aus Händen, die sich neigen,
Hebt sich Deine große Wahrheit
In das Schweigen.

In die Stille einer Kirche treten,
Losgelöst von Lichtern, Lärm und Hast:
Beten.

In das Dunkel eines Herzens treten,
Ganz von seinem Schlag erfasst –
Beten.

Niederknien am Bettchen eines Kindes,
Große Hände sanft um kleine falten:
Beten.

Niederknien in Demut, Schmerz und
Furcht,
Gott in armen Armen halten –
Beten.

Wenn es Abend wird
Und meine Seele
Nach ihrer lichteren Heimat
sich sehnt,
Rückt der Himmel
Näher zu uns her
Und hüllt uns ein.

Dein
Sind wir, Herr,
Diese ewige Seele
Und mein sterblicher Leib,
Dir anbefohlen
Auf seine Zeit.

Andächtig schaue ich die Pracht
Des goldnen Tages und der Nacht,
Die nun mit blauen Schatten still
Auf die verschneiten Hänge sinkt.

Du, der Du so viel Schönheit bist,
Und so viel Frieden, Du, es ist
Dein Wesen, das mein Leben ganz
Erfüllt und meine Seele zwingt.

Wenn ich meine Hände öffne
Fällst Du in sie ein
Und verströmst aus ihnen
Deine Kraft.

Wenn ich meine Hände schließe,
Umschließen sie Dich,
Und Deine Ruhe
Erfüllt mich ganz.

Immer habe ich mich gesehnt,
Dich anzubeten,
Und nun bist Du es,
Der mit meinen Händen betet!

Weiche weiße Winterwelt,
Schnee, der still vom Himmel fällt,
Lampen, die wie Kerzen sind,
Machen wieder mich zum Kind.

Und mein müdes Herz ruht aus,
Fühlt sich selig und zuhaus,
Faltet seine Hände und
Legt sich still an Gottes Mund.

Du selbst bist die Brücke zu Dir,
Du selbst musst wagen, sie zu schlagen,
Du selbst gehst hinüber. Wir,
Alle Engel, reichen Dir Hände,
Erwarten Dich hier:
Im Glück Deiner selbst
Ohne Ende.

Mit Kindern zu beten:

Berühre die Flügel der Engel
Mit Leuchtefingern,
Rede den Weisen leise ins Ohr,
Die droben wohnen –

Von tausend Thronen
Strömt gütige Ruh:
Schlafe, mein Liebling,
Träume mir zu!

*

Ich weiß, wenn ich sterbe,
Bin ich nicht tot,
Verwandle mich nur
In ein kleines Vöglein,
Fliege zum Himmel
Und preise das Licht.

Baum und Blume, Hund und Katz,
Wolken, Sonne, Mond und Sterne,
Alles Nahe, alles Ferne
Hat in Deinen Händen Platz.

Du bist groß und ich bin klein,
Doch ich darf Dich in mir tragen,
Mit Dir sprechen und Dich fragen:
Lieber Gott, Du lässt mich nie allein.

*

Häuser sind Tore,
Und nur die Toren
Mauern sich ein –

Lerne es, nicht zuhause zu sein,
Suche die Heimat
Unendlicher Fernen –

Dies Haus in den Sternen
Sei Dein!

Nur beten. So, als sei erst jetzt mein Dasein
Geboren worden aus Gebet,
Entfaltete sich mir im Herzen,
Durch Leid geläutert.

Nur beten. So, als seien viele Leben
In dumpfer Dunkelheit zerronnen,
Als hätte erst das Licht begonnen
Sich aus den Schalen zu befreien
Und mich dem Göttlichen zu weihen –

Nur beten.

WENN DU HOFFST

Ich denke Dich unendlich gut:
Wie wohl mir diese Wärme tut!
Sie hält die Hände um mein Herz
Und wehrt den Ängsten, wehrt dem
Schmerz.

Ich denke Dich unendlich gut,
Du bist Gebet in meinem Blut,
Und manchmal möcht ich zu Dir fliehn
Und bei Dir knien.

Wenn Du fort bist, will ich zu Dir gehen,
Alles sagen, was mich tief bedrückt –

Wenn Du da bist, will ich mit Dir gehen,
Schweigend, weil es so beglückt,
Nur in Dein Gesicht zu sehen,

Nur zu wissen, Du bist wahr,
Warme, gute Wirklichkeit!

In den Städten vergisst Du die Erde,
Doch auf den tausend Straßen des
Himmels
Fühlst Du Dich wieder ganz als ihr Kind.

Ach, Du möchtest die Wiesen liebkosen
Und in den Gärten glücklich sein,
Deine Gedanken streicheln die Rosen,
Kosten das Brot, die Früchte, den Wein.

Erst über den Wolken, vogelfrei,
Hast Du Heimweh, wie Kinder es haben,
Nach Deiner Erde,
Der Mutter Erde.

Am Rande der Rollbahn,
Auf endlosen Straßen,
In Bahnhofsbunkern,
Lärmig und grell,
Weiß meine Sehnsucht
Nur ein Ziel:
Zuhause.

Kindergesichter,
Lauschend und glücklich,
Der Schlag einer Uhr
Und Duft, der nur hier ist –
Nach Brot und Blumen –
Zuhause.

Schnell fließt die Zeit
Durch das Sieb meiner Mühen,
Still und tröstend
Vertropft sie
Zuhause.

Steigen in Händen,
Als seien es Stufen,
Sich dehnen, verschwenden –

Gleiten in Händen,
Als seien es Kufen,
Federn und wenden –

Fallen in Händen,
Beten und rufen,
Nimmermehr enden.

Wer hat Gesichte?
Der hinter Gesichtern
Das Wesen weiß,
Das Wesentliche,
Die Wirklichkeit.

Geschichte?
Das Gesehene,
Geschehene,
Aus vielen Leben –
Traum und Erinnerung,
Ewig jung,
Weben
Ihr schillerndes Kleid.

Wir waren schon oft
Die oder der,
Da oder dort:
Die Erde ist Ort,
Das Größte zu wollen –
Vollkommenheit.

Erst danken, dann bitten:
Um Beistand, um Rat.

Erst danken, dann bitten:
Um wirkende Tat.

Erst danken, dann bitten:
Um Ernte, um Saat –

Erst danken, dann bitten!

Alles wandelt sich,
Nichts ist verloren.
Nichts geht zugrunde,
Alles wird neu.

Bleibe Dir treu
Und Du hoffst nicht vergebens,
Krone des Lebens,
Gelassenheit,
Wird Dir zuteil.

So denn: allein.
Niemanden erwartend.
Gegenwärtig.

Neubeginn
Mit mir selbst.

Endlich allein,
Weder liebend noch hassend,
Abstand wahrend,
Wahrhaftig.

WENN DU LIEBST

Ich möcht zu Dir.
Du sollst mich still
In Deine Arme tun –
Da will
Ich ruhn.

Ich möcht zu Dir.
Du redest nicht,
Du birgst voll Liebe mein Gesicht,
Du löst der bittren Tränen Flut,
Du bist der Friede,
Du bist gut –

Ich möcht zu Dir.

Fern von Dir
Sind meine Hände hilflos und leer.
Auch glänzen mir
Die Augen nicht mehr.

Fern von Dir
Hebt sich müde am Morgen die Brust –
Wie ich Dich liebe,
Ich hab's gewusst
Erst fern von Dir.

Das war der letzte Sommertag
Als Deine Hand
Auf meinem Herzen lag
Und Liebe fand
In jedem Schlag.

Rings um uns Schilf. Die Wellen sangen
leis,
Und strahlend sah der helle Himmel her.
Ein Schwanenpaar zog langsam wohl
vorbei –
Ich weiß
Nicht mehr.

So warm die Erde! Und so warm das Licht
Um Blumen noch und Gräsern und
So warm Dein Mund!

Es war
Des Sommers letzter, ängsteloser Tag.
Wie soll den Herbst ich nun begreifen
Ganz ohne Klag?

Ich war ein Lied in Deinem Mund,
Du sangst mich in den Tag.
Die Sonne nun die Welt verlässt,
Ich schwing mich traurig im Geäst
Und klage – und klag.

Aus Nebelschleiern steigt der Mond
Herauf so bleich und kühl.
Du gingst, doch Deine Melodie
Wird nicht mehr in mir still,
Wird nie mehr in mir still.

Schmale Sichel des Mondes
Fröstelt im kühlen Pastell
Des erwachenden Morgens.

Amseln singen im Park,
Wo aus blühenden Linden
Duft sich emporhebt. So süß!

Leise aus Deinen Haaren
Lös ich die heißen Lippen –
Hastig fast wird es hell.

Der Zauber einer weißen Blüte
Und weißer Seide, kühl und leicht –
Es schneit ein festliches Gewand,
Das über Wald und Wiesen reicht,
Von mir zu Dir, geliebtes Du:
Der weiße Zauber deckt uns zu.

Schlaf nun in meinem Arm,
Selig warm,
Nacht erbarm
Sich uns.

Tag schließt die Augen zu,
Großes Glück geht zur Ruh,
Falte die Hände, Du,
Danke zum Schluss.

Liebe, die treulich glüht,
Nimmermüd,
Die behüt
Uns ganz.

Auftauchend aus den Feuerströmen,
Den goldnen Tiefen dieser Nacht
Sag mir, dass Du mich liebst.

Mich macht
Die Lust leicht wie ein Schmetterling,
Ich schwebte längst zum Himmel, hing
Dies Wort nicht an mir,
Dein: Ich liebe dich.

Ein kleiner Vogel möcht ich sein
Und fliegen übers Land,
Und abends, wenn ich müde bin,
Und traurig bin, und töricht bin
Ausruhn in Deiner Hand.

In Deiner guten, warmen Hand
So wie in einem Nest –
Schau, Wind und Regen fürcht ich nicht
Und Hitze nicht und Kälte nicht:
Nur dass Du mich verlässt.

So hebe ich mich auf: wie ein Gebet.
Noch warm von Dir und geh in meiner
Seele,
Die wie ein Dom auf der von Leidenschaft
Zerwühlten Erde meines Leibes steht.

Hier knie ich vor Gott. Und werde leer
Von Aufruhr. Kühl und ohne Lüste
Sink ich zurück in meine stillen Brüste
Und Deinen Arm.

Nun küsse mich nicht mehr.

Ich hab Dich nie geliebt wie heut –
Drum ging ich fort. Und Du verstehst
mich nicht.

Ich friere. Aller Sterne Licht
Ist unerträglich klar und nah.

Die Uhren schlagen eine Stunde,
Und Lampen gehen vor mir her.
Ich seh die Häuser. Sie sind schwer
Von tiefem Schlaf. Fern heulen Hunde.

Es sind noch Menschen, die sehr eng
Und redend mir vorübereilen –
Warum lässt Du mich so allein?
Ich konnte heute Dich nicht teilen
Mit anderen. Und auch nicht mich.
Ich bin so Dein.

Nie gesungnes Lied der Liebe,
Suche Deinen Klang in mir,
Nimm mein Herz und meine Hände,
Allen Anfang, alles Ende
Schenk ich Dir.

Nie gesprochnes Wort des Schmerzes,
Greif die volle Seele hin,
Saug mein Wesen, um zu reifen:
Strömend möchte ich begreifen,
Dass ich bin.

Liebe ist:
Nicht Beute zu machen
Und nicht Beute zu sein,
Nicht zu missbrauchen
Und nicht sich missbrauchen zu lassen,
Würde, und das heißt,
Abstand zu wahren.

Liebe ist:
Im Geben zu nehmen
Und im Binden zu lösen,
Sich anzuvertrauen, und das heißt,
Geführt zu werden.

Liebe ist:
Zu dienen, anstatt zu fordern,
Zu verstehen, anstatt anzuklagen,
Zu trösten, zu schweigen,
Dankbar zu sein.

Herz meines Herzens, inniglich
Schmiegt meine Sehnsucht sich an Dich,
Die müden Augen fallen zu:
Wie weich, wie warm, wie sanft bist Du!

Herz meines Herzens, nur im Traum
Ist Wirklichkeit. Nicht Zeit, nicht Raum
Bestehen seinen dunklen Glanz:
Nur wenn wir träumen, sind wir ganz.

Alles Schöne,
Liebster, bist Du:

Sonne und Wärme,
Freude und Ruh.

Doch auch der Schmerz,
Der mich zerbricht,
Hat Dein Gesicht –

WENN DU KÄMPFST

Nie war des Himmels Blau so tief,
Nie quoll der Sonne Licht so gut,
Nie leuchtete die Rose noch
Am Strauch in dieser letzten Glut –

Nie war der See so schimmervoll,
Nie zärtlicher die klare Luft,
Und leichter noch trug nie der Wind
Der reifen Früchte süßen Duft –

Nie gab ich seliger dem Tag
Mein volles, übervolles Herz:
Und nie stand allen Dingen doch
So nah des großen Abschieds Schmerz.

Schau nicht zurück in die Zärtlichkeit
Seliger Stunden,

Dreh Dich nicht um
Nach vergangenem Glück.

Verzweiflung erfasst Dich,
Zweifelst Du erst
Am sinnvollen Morgen –

Unwiederbringlich, was gestern war:
Leben ist heute!

Sumpfdotterblumen wachsen hier,
Sie sind noch feucht vom letzten Regen.
Die Sonne fällt wie karger Segen
Durch hoher Kiefern Astgewirr.

Satt leuchtend heben sich die Farne,
Die jungen Eichen und das Grün
Der Brombeerhecken. Rote Schnecken
Ziehn über meinen Weg dahin.

Ein Specht pocht manchmal.
Ihn zu suchen,
Begreife staunend ich das Licht,
Die Höhe und den Glanz des Himmels,
Der über zartbemoosten Buchen
Den Kampf der Erde heilig spricht.

Wie schutzlos das Leben!
An seidenem Faden über dem Abgrund
Hängt jeder Tag.

Wie zerbrechlich das Glück!
Klingend und funkelnd gleicht es dem
Glase,
Für immer zersplittert durch einen Schlag.

Wie einsam die Liebe!
Ein Vogel im Käfig, ein Gott ohne Flügel,
Zitternd das Herz –

Wie bitter das Sterben:
Lautlos erwürgen Dunkel und Kälte
Den schreienden Schmerz.

Vor Zorn sich zerreißen
Wie Rumpelstilzchen,
Wie Aschenputtel zusammensintern
In hilflosem Leid.

Unter dem Galgen stehen,
Am sechsten Nesselhemd stricken
Und auf die Schwäne warten –

Werden sie kommen,
Die Brüder,
Die Retter?

Nur wer Nein sagen kann,
Ist zum aufrichtigen Ja fähig –
Leichtfertigen Jasagern
Muss man misstrauen.

Versuchung verneinen:
Das nenne ich groß.

Ich weiß nicht, was mich so bange macht –
Erlkönig geht durch die trübe Nacht –
Mein Herz schlägt dumpf und seltsam weh,
Horch! Dürre regt es sich drunten am See,
Als flüstre es heimlich: Hab acht, hab acht!

Hab acht, hab acht – oh lockendes Lied,
Was wird mir der Leib so träge, so müd,
Die Nebel rings umhüllen mich weich:
Tief ist des Erlkönigs wogendes Reich
In das es mich machtvoll hinunterzieht.

Niemand hat das Recht
Mein Kind zu schlagen –
Das Kind in mir,
Das ich innig liebe,
Das ich beschütze,
Das mich beschützt:
Niemand.

Es mag ja sein,
Dass ich sanfter sein müsste,
Widerspruchslos und ein bisschen ängstlich,
Wenn man mir droht.

Doch: niemals gebe ich zu,
Mein Kind zu schlagen,
Das göttliche Kind in mir,
Das mir heilig ist.

Bekannte Städte
Nicht mehr erkennen,
Von Freunden sich trennen,
Die man nie erkannt –

Den eigenen Schatten
Gefunden haben,
Aber dafür
Das Gesicht verloren –

Wiedergeboren
Aus dem Abgrund
Des Irrtums, der Eitelkeit.

Wie die Blüten
Mich behüten!

Die blendend weißen
Der Birnbäume,
Die bräunlich weißen
Der Kirschbäume,
Die rosa weißen
Der Apfelbäume –

Und der Duft
Des Flieders,
Der Hyazinthen
Und der Narzissen,

Ja, der winzigen Veilchen
Am Wegrand –
Wie er mich tröstet!

Meine Liebe gilt der Ferne,
Wäldern, die am Horizont
Rätselvolle Linien ziehen,
Sternen, die in fremder Nacht
Wie verwunschne Rosen blühen.

Meine Liebe gilt der weiten,
Bunten, heißen, harten Welt,
Leidenschaft und Abenteuer,
Und die Sehnsucht ist das Feuer,
Das mein Herz in Flammen hält.

WENN DU TRAURIG BIST

Die Traurigkeit der ganzen Welt
Nun enge mich im Arme hält,
Ich spüre ihren Atem wehn
Und mir um Stirn und Wangen gehn,
Und bebend weicht mein Herz zurück
Vor jedem Glück.

Ich lebe gar nicht. Ich bin Stein.
Durch bloßen Zufall, irgendeinen,
Herausgesprengt aus andern Steinen
Und fühllos, denn es tat zu weh.
Was? Wann? Warum? Wozu? Wohin?
Wo ist das Ziel, was ist der Sinn?
Du bist nicht da. Ich kann nicht weinen.

Es lebt mich. Doch was spürt ein Stein,
Nur da, um da zu sein zu scheinen
Als Mensch, wie andre Menschen meinen,
Doch Ding aus Stein, blind, taub
und stumm?
Da waren eben noch zwei Hände
Und Glück und Freude ohne Ende –
Du bist nicht da. Ich kann nicht weinen.

Er stand im Sonnenschein,
Er wandte sich und ging.

Über den fernen Wipfeln
Hoher, windrauschender Pappeln
Lagen Gewitterwolken.
Es fing
Zu regnen an in schweren Tropfen.

Mein Herz zerbrach.
Ich weinte wie der Himmel
Mich leer.

Die Straße dampfte dumpf.
Kein Licht. Kein Glück war mehr.

Wie die Welle Dir nimmt –
Schal gewordenes Glück,
Sattsam gewöhnten Genuss,
Welke Wünsche, Verdruss –
Bringt sie Dir Neues zurück.

Strandgut ist diese Welt,
Fußspur der Zeitlosigkeit
An den Gestaden der Zeit –

Wage Dich auf den Fluss
Ständigen Werdens. Steig ein
In das schwankende Sein,
In andere Wirklichkeit,
Werde zur Wandlung bereit:
Wieder und wieder und wieder!

Wenn wieder nun der volle Mond
Mit Nebelhänden
Licht in mein Zimmer wirft,
Dann wird es Winter sein.

Gefroren die Ufer des Sees,
In dessen Wellen
Er sich spiegelt,
Kein Blatt mehr
An allen Zweigen der Bäume,
Mit ihm zu träumen,
Und keine Liebe mehr,
Die küssend sich in seinem Glanz
Und seines Glanzes Schattenspiel versteckt.

Und fröstelnd werd ich mich
In meine Decken hüllen,
Wenn er mit weißen Eisesfingern
An meine Scheiben pocht.

Was leuchtet dort am Hage
Die Rose noch so rot?
Ich eile, sie zu brechen –
Doch sie ist längst schon tot.

Die Wärme meiner Hände,
Mein Hauch erweckt sie nicht –
Ach, blicklos starrt der Knospe
Erfrorenes Gesicht.

Traurigkeit tränenlos.
Leid ohne Klage.
Verloren
Gegangen.

Wer wird mich finden?
Ich selbst
Oder keiner.

Ameisensorgen, Schmetterlingsfreude,
Espenlaubängste, Eichenvertrauen,
Belzebubbosheit, Engelsgeduld –
Zwischen all diesem findet die Weisheit,
Heiter sich wandelnd, sicheren Ort:
Einen göttlichen Augenblick lang!

Sterben in Deinen Armen:
Das ist der Weg zurück.
Nicht in ein kleines Glück,
Doch in das große Erbarmen.

WENN DU MÜDE BIST

Es überfällt uns abends, wenn die Nebel
steigen,
Das Namenlose, Unbewusste, Tiefe,
Und nachts im Traum, wenn alle Sinne
schweigen.

Manchmal am Tag. Dann ist es uns,
als riefe
Von irgendwo her eine Stimme leise,
Wie Vogelstimmen rufen, unsern Namen –

Und unsre Seele löst sich aus der Zeit,
Ist nur noch Blüte, Frucht und Samen
Von Ewigkeit zu Ewigkeit.

Grauer Tag! Die Möwen schreien
Überm grünen, starren See –
Ihre hungrig bösen Rufe
Tun mir weh.

Grauer Tag! Zutiefst erschauert
Frühlingserde, die gebiert –
Hüllt sich in die ersten Blüten
Ein und friert.

Manchmal gehen wir zu zwein,
Müssen wehen Abschied leiden,
Wenn sich unsre Wege scheiden,

Und sind wieder ganz allein,
Unser Glück und Leid zu tragen
Und der Sehnsucht bange Fragen –

Ach, wir möchten schrein,
Oder müde von den Wegen
Irgendwo uns niederlegen
Oft – und nicht mehr sein.

Kinder rufen. Manchmal lange
Immer nur dasselbe Wort –
Abendwind geht durch die Gasse,
Nimmt es hin und trägt es fort.

Vögel singen hinter Dächern,
Fern, in irgendeinem Grün –
Einsame Glyziniendolden
Lauschen selig und erblühn.

Lärm klingt auf von vielen Schritten,
Vielen Stimmen und verweht,
Bis nur noch der Glanz der Sterne
Über müden Häusern steht.

Nur noch eine arme Geige
Zittert heiser dann vorbei,
Und ein Lied, und Duft von Blüten,
Und der ersten Katze Schrei.

Immer wenn ich müde bin
Denke ich an Dich,
Und dann trittst Du, still und warm,
Lächelnd hinter mich.

Löschst auf meiner heißen Stirn
Alles Bittre aus –
Immer wenn ich müde bin,
Bist Du mein Zuhaus.

Ich bin bei Dir. Und kann nun schlafen.
Ich bin sehr müde. Wie ein Boot,
Das Nacht und Sturm und Brandung trafen –
Das Leben ist ein Meer von Not –
Du aber, Liebster, bist der Hafen.

Verblühet nicht, Rosen!
Einmal über Nacht
Entfaltet euch noch zu voller Pracht,
Glühend und weich.

Entflattre nicht, Falter!
Durch Gold und Grün
Gaukle noch einmal selig dahin,
Trunken vor Glück.

Verblass noch nicht, Sommer!
Fülle die Zeit
Noch einmal mit blühender Zärtlichkeit
Und mach mich still.

Nie sollte das enden –
Durch Farben fahren,
Herbstlaubfarben,
An Seen vorüber, in denen
Erlkönig schläft –

Nie sollte das enden,
Einfach so fahren –
Wie einfach das Leben,
Wenn es misslang!

Das Ende einer Liebe,
Das Ende einer Legende –

Ring nicht die Hände,
Halte sie leer,
Damit sie sich füllen
Mit Neuem,
Mit Mehr.

Wenn ich müde war, Geliebter,
Durft ich leise bei Dir weinen –
Komm zurück! Lass mich in Deinen
Armen endlich Ruhe finden.

Seit Du gingst, weiß ich nicht mehr
Was das Leben von mir will.
Tage sehn mich an und schwinden
Schwer und still.

Wirf Dein Herz über den Zaun,
Spring nach –
Kehr zurück
Und finde Dein Herz:
Es gibt keinen Zaun.

WENN DU BITTER BIST

Nichts gleicht dem Verrat:
Er öffnet die Tore
Vertrauender Liebe
Mit lautlosem Schlüssel
Und trifft Dich ins Herz.

Ist denn noch keiner
An seinem feigen Schweigen erstickt?

Traf denn noch keinen
Ein Herzschlag beim Lügen?

Versank denn noch keiner
Im Sumpf der Beschwichtigungen,

Verbrannte noch keiner
Im Feuer der Schande,
Vertrauen zu morden,
Hingabe,
Glück?

Hat alles Tun diesen doppelten Boden?
Hängt jeder von uns am seidenen Faden
Über dem Abgrund vielfachen Verrats?

Fließen die Wasser der Wahrheit nicht
mehr,
Ist Klarheit versiegt?

Ich sehe Dich lächeln
Und fühle erschrocken
Nicht Sehnsucht noch Wärme,
Nur Fremdheit, nur Scham.

„Dankbarkeit ist das Gedächtnis des
Herzens“ –
Zertritt dieses Herz:
Wo soll die Dankbarkeit denken?

Welch hohe Weisheit: schweigen können,
Wenn sich der andre leis entfernt,
Welch höchste Weisheit: warten können,
Bis er den Weg zurück gelernt.

Was war dazwischen? Frage nicht,
Dann wird die Antwort Dich nicht
schmerzen.
Was weißt Du schon vom andren Herzen?
Die Liebe sitzt nicht zu Gericht.

Der Gerechtigkeit
Kannst Du nicht gebieten,
Sie geschieht
Irgendwann.

Dann,
Wenn Du es nicht erwartest,
Schlägt sie zu,
Denn auch Du
Warst ungerecht.

Regen murmelt an die Scheiben,
Und ich weiß: die Nacht ist leer.
Leer, nur blasse Wolken treiben,
Dünne Wolkenfetzen treiben
Schweigend aus dem Dunkel her.

Wie das einsam tropft und hämmert –
Und mir wird die Seele schwer:
Bis ein neuer Morgen dämmert,
Lichter Sonnenmorgen dämmert,
Lebe ich vielleicht nicht mehr.

Manchmal, wenn die Glocken beten,
Wenn die Glocken abends beten,
Drängt es mich so, mitzubeten –

Wie sie locken, diese Glocken,
Warme, große Gottesglocken,
Während ringsum Ängste hocken –

Aber jäh fragt's mir im Herzen:
Glaubst Du auch den Gott der Glocken,
Glaubst Du einen Gott, zu beten
So mit andachtsvoller Stimme?

Und ich gehe zu den Zweifeln,
Die mir in den Ecken hocken –
Draußen beten noch die Glocken.

Angst ist es oft und Einsamkeit,
Was uns in eine Liebe treibt –

Angst ist es meist und Einsamkeit,
Was bleibt.

WENN DU LEIDEST

Lass es mich nie vergessen:
Diesen Frühling
Voller Blütenfülle –
In schneeiger Hülle
Obstbäume. Am Straßensaum
Forsythien, Mandeln, Tulpen,
Tausendschön
Vor frischem Grün.

Lass es mich nie vergessen:
Den hellen Klang
Des Glöckleins der Kapelle,
Die Schwestern mit den blauen Hauben,
Die Kerzen vor der goldenen Ikone,
Den Priester, der bekennt: Wir glauben –
Gott segne ihn.

Lass es mich nie vergessen:
Die Gastlichkeit in fremden Häusern,
Am Tisch der Freunde,
In erquickendem Gespräch,
Die Stunden unterwegs im Sonnenrausch,
Den Vögeln lauschend
Und dem Wort aus innen,
Das mich zum Abschied drängt.

Ziehn
Wir nicht alle weiter,
Wie uns zugemessen?

Lass mich dies alles nie vergessen!

Ach, Du willst der Flamme Glanz,
Ihrer Feuerzungen Tanz,
Ihres Hauches Lust erkennen?

Du willst Flamme sein und glühen,
Lodernd heiße Funken sprühen
Und – nicht brennen?

Leid ist der Sinn der Welt –
Was uns beseligt, fällt
In seine Hand zurück.

Nichts, was das Leben hält,
Geborgt sind Glanz und Geld,
Verzückung, Ruhm und Glück.

Am Ende ist das Leid,
Wie es am Anfang war:
Sein Lächeln, kühl und klar,
Bewegt die Ewigkeit.

„Das ist der Herbst: fliege fort, fliege fort“ –
Flügel verloren. Nest verbrannt.
Baum ohne Blätter. Himmel so grau.

„Das ist der Herbst, der bricht Dir noch das
Herz“ –
Ist schon zerbrochen. Schlägt nur noch.

Schnee ist gefallen,
Der Wind weht kalt,
Und die weiße Sonne
Verfremdet den See.

Das ist die Süße
Nicht mehr,
Der Segen des Sommers,
Die prangende Blüte,
Die goldene Frucht –

So taub
Meine Sinne,
So stumm
Mein Herz!

Ich entinnere mich.
Meine Seele friert.

Oh wenn wir schweigend doch ertrügen
Des Herzens tiefe Einsamkeit!
Denn alle Worte müssen lügen,
Und aus den Lügen wächst das Leid.

Um wieviel leichter
Würden wir leiden
Wüssten wir um unsere Schuld –

Wie heiter wäre der Verzicht
Vor dem Gericht
Von Jahrmillionen –

Wo werden wir wohnen,
Einmal, in Muße,
Jenseits der Buße?

Alles ist Übergang –

„Wir leiden immer nur an uns selbst“

Welche Lehre!
Welche Lehrzeit!
Welches Lehrgeld!

Und wer wird Meister?

Gast auf Erden,
In diesen Körper gekreuzigt,
Kreuz durchtragend
Zum Neubeginn:
Zur Überwindung
Des Kreuzes.

Woher käme uns Trost,
Wenn nicht Menschen wären,
Engeln gleich,
Mit Flügeln, die tragen,
Schützen, bergen, verbergen,

Menschen, die wärmen und heilen,
Antwort wissend,
Ohne zu fragen?

Kein Zweig bewegt sich mehr,
kein Blatt.
Der Wind legt sich in meine Hände
So wie ein Vogel in sein Nest –

Ruh aus,
Ich halte Dich nicht fest:
Wer hielte schon das Leben an?

WENN DU FRIEDEN GEFUNDEN HAST

Wer in sich Heimat hat,
Wird Heimat überall finden,
Wer mit sich Frieden macht,
Bringt Frieden überall hin.

Die Stille
Gibt Antwort
Auf viele Fragen –

Wer die Stimme des Schicksals
In sich erhört,
Weiß um den Sinn.

Du liebes Haus, Gefäß meiner Gebete,
Wenn ich aus meinen Träumen trete,
Ist jeder Morgen Seligkeit –

Und abends lösch ich stille Kerzen
Und schlafe, Dankbarkeit im Herzen,
In Deinem Frieden freudig ein.

Solange ich da bin
Will ich drei Dingen dienen:
Der Wahrhaftigkeit
Und der Würde
Des Menschen,
Und jener bewahrenden Wärme,
Die ausstrahlt
Vom offenen Miteinander.

Mir geschehe nach Deinem Wort:
Du gibst,
Du nimmst fort,
Du bist der Weg,
Du lenkst die Schritte,
Du bist der Kreis,
Du bist die Mitte,
Bei Dir, in Zeit und Ewigkeit,
Ist Ort.

Ich bin glücklich ganz und still.
Alles hat mein Herz gefunden –
Wundervolle Ruhestunden,
Da es nichts ergreifen will.

Erde rings trinkt tiefen Herbst,
Tiefstem Frieden hingegeben,
Blatt um Blatt fällt von den Zweigen,
Nebel hüllt in graues Schweigen
Das von Liebe müde Leben.

Zögernd begreife ich
Mich.
Suche mit anderem Blick
Licht im Dunkel der Welt.

Lächle
Und lasse die Tränen
Denen,
Die bitter leiden.

Jedes Glück
Ein Griff nach den Sternen!
Jeder Schmerz
Ein Sturz in die Nacht.

Aus furchtbaren Fernen
Findet das Herz
Zur bleibenden Macht
Der Stille zurück.

Mancher schenkt Dir, wenn Du hungerst,
Brot.
Und vielleicht auch gibt Dir einer
Geld.
Aber Ruhe –
Ruhe gibt von allen keiner.

Liebe
Kannst Du draußen finden,
Glück
Weht her mit allen Winden,
Und der Welt Vergessen künden
Viele.

Aber Ruhe –
Außer Dir in eigner Tiefe
Nirgendwo.

Die, die in der Stille stehen,
Baun des Lebens weites Haus –
Immer leeren, was sie füllen,
Lose, laute Hände aus.

Die, die in der Stille stehen,
Fügen langsam Stein um Stein –
Immer aber ziehn die andern
Jubelnd in die Hallen ein.

Die, die in der Stille stehen,
Säen Liebe, Kraft und Traum:
Immer erst auf ihren Gräbern
Aber wächst und blüht der Baum.

Nie ist die Welt so voller Glanz,
So voller Heiterkeit und Tanz,
Nie ist die Welt so golden wie im Herbst.

Die Früchte fallen ringsum von den
Bäumen,
Und wie ein leichter Regen rinnt
Der gelben Blätter Flut im Wind,
Erfüllt von Duft und Licht und Träumen.

Sie rascheln, wie ich weitergehe,
Still zu den Fernen, die nicht mehr
verführen.
Die ganze Erde ist nur eine große Nähe,
Da sie des Todes Hände nun berühren.

Und sieh: sie lächelt Dank und Zuversicht
Mit weisen Lippen über ihre Schmerzen.

Lieder der Uhr:

Geht die Zeit, kommt die Zeit,
Kommt das Glück, geht das Leid,
Geht der Tag, kommt die Nacht,
Kommt der Tod, ist's vollbracht,

Geht die Zeit, kommt die Zeit –